漢字遊戲設計者的話

漢字故事與遊戲——閱讀能力的前哨站

大量識字和閱讀的流暢度是語文學習的關鍵，因此，識字教學往往是養成良好閱讀能力的前哨站。在國小階段需要掌握常用的三千個國字，其實只要善用共同部首部件、字形結構，就能系統性擴充識字量，看見「扌」就可聯想和手部的動作有關，而看見「包」可以猜測這個字的音可能和「包」類似，然後以此類推：刨、咆、泡、炮、胞、苞、砲、袍、跑、雹、飽……就能一網打盡，事半功倍。林世仁老師的《字的傳奇》在故事有趣生動又吸睛的前提下，將這些漢字結構的規則和知識，無痕的放入故事脈絡裡，讓「識字」變成一個個有趣的遊戲和故事，而我們更可以順著書籍的脈絡，找到對應的活動和故事，讓孩子的識字效率飛升！

舉例來說，系列中的第一、二冊以形聲字為主，中文字有大約八成是形聲字，包括形符和聲符，因此我在〈漢字遊戲本〉設計常用的「教學花瓣識字」、「漢字填填看」，讓孩子注意到更換不一樣的部首部件，就會有不一樣的意思，更能藉此認識字的家族。家長在家和孩子玩，可以用小卡製成簡單的桌遊，或是兩兩比賽看誰想到比較多的同部件字，這些都會是很有趣的遊戲。第三冊則是有趣的象形字，原來的造字歷程就是迷人的藝術創作，藉由圖畫猜一猜是哪個字的象形——字中有畫、畫中有字，好玩極了！第四冊會意字，可用來設計字謎、寫故事。最後第五冊在造字上，更可以發揮創意，設計屬於自己、獨一無二的字，或唱唱冷僻字歌、找找二疊字、三疊字、四疊字，或是已經不用的古字等，都是延伸的好活動。在識字路上，閱讀林世仁老師的故事，搭配〈漢字遊戲本〉，孩子便能進行輕鬆、有趣又系統化的學習，變身為小小馴字師！

林怡辰

《字的傳奇》系列：以趣味為先的文字文化傳遞

張子樟
兒童文學評論家／國立臺東大學兒童文學研究所教授

一、萬物有靈，字為情生

從口頭講述進入文字傳播是人類文明發展史上的一大步。人是自然的生靈，字是書籍的生靈，也是人的生靈。沒有文字，就沒有歷史，遑論文明和文化，因此字攸關著人的命運。

隨著時代的演進，許多人僅僅把字視為表意的符號和交流的工具，早已忘記字中蘊藏着豐富的文化藝術，主要原因在於我們對字缺乏應有的珍惜與敬重。人們忘記文字功力標誌人的能量，文字得失甚至導致人的升沉，甚至拋棄了字情、字魔、字魂等書中的精髓。然而有心人士並未放棄，他們仍然深信字的魅力，使出混身解數，想力挽狂瀾，《字的傳奇》系列作者就是其中之一。細讀後積澱深思，作品確實值得推薦。

二、馴字師如何馴字

十多年前，世仁和哲也合著七冊《字的童話》系列，讓華文世界關心漢字教學的專家學者的眼睛為之一亮：原來漢字的基礎教學也可以如此有趣。當年這套書造福了不少年輕學子，其中多人已經為人父母，他們希望能出現一套更簡單、更有趣的「說文解字」的專書，《字的傳奇》系列的出現正合乎大家的期待。

第一冊收錄六個故事，主角是馴字師，文字精靈苞苞俠是助手。每則故事都是苞苞俠先發現問題，馴字師再出面解決，一唱一和，文字趣味自在其中。

全書六個故事先分別介紹大嘴巴、大巨手、八腳怪、大眼睛、大耳朵，馴字師出面幫助他們解決寃曲和問題，均能圓滿完成，皆大歡喜。耳、目、口、鼻、腳的出現，主要在於鋪陳氛圍，等當年與黃帝有殺頭之仇的刑天出場，故事便達到最高點，然後在茶香之會時說個清楚後，便告一段落。透過賦予五官部首生命，必要時再拆字或組字，適時加入相關用語或成語，加上俏皮的對話、充滿童趣的插圖，小讀者接受度之高，是可以預期的。

為了讓小讀者具備現代感，作者也不忘在行文中加入現代科技產品的應用，如利用手機查谷歌地圖、下載神話地圖等，並提及氧、氫、鈦、鋁這些二十世紀才出現的字。至於借用玉如意當武器、把祥雲當交通工具，使孩子想起《封神榜》和《西遊記》中的一些趣味畫面。

在圖文故事盛行的年代，這本書的設計同樣走在時代的前端。文字為主，配以吻合故事的插畫，更能吸引小朋友的注意力。文字簡潔，故事逗趣，小讀者在不知不覺中就樂在其中了。相關字詞的排列組合井然有序，言之有理，文字的感染力得以充分發揮。在翻閱之間，因尋求趣味而順便了解人事物的不同層次，進而獲得種種訊息，這些不就是閱讀的主要功能嗎？

這樣一本具備獨特題材、濃厚文學魅力、深刻人文內涵和時代意義這四個特點的好書，值得介紹給七到十歲左右的孩子去細細推敲。

三、一種反思

在數位文明衝擊文字文明的時代，文字的書寫方式與載體都在急速改變中。如果要倡導文字文化，首先必須要讓人感受到字的靈魂，才能進而對字產生興趣。

作者嘗試讓「文字」從符號成為「生靈」的奇異力量，在我們習以為常的「文字」身上想像出精彩的故事在書中化字為魂，也化魂為字，把字當作人來書寫，以字義做為性格來描述，使字義成為字的靈魂；他把人當做字來審視，使人的靈魂轉化為字，演繹著人與字的互動、互換、相互對應。在擬人化過程中，展現字的生命力，使讀者想像文字的命運、回溯文字的歷史，進而來回於文學世界和文字世界之間。

古有倉頡，今有馴字師

林玫伶
前臺北市國語實小校長

繼《字的童話》系列之後，世仁再度推出《字的傳奇》系列，小讀者享受閱讀故事樂趣的同時，也學習了漢字的特徵與美妙。

通常包裹著知識學習的故事並不好寫，故事要好看、情節鋪陳要自然，那麼「文以載字」的斧鑿痕跡就必須小心藏好，讓小讀者忘記自己正在學習。顯然的，世仁筆下的馴字師、苞苞俠和各個字妖過招乃至收服的過程，成功的捕捉大小讀者眼球，讓人產生一種「怎麼可以這麼好玩」的閱讀滿足感。

故事裡的馴字師從容淡定、機智幽默有智慧，武功高強還能上天下地、穿越古今；苞苞俠是個活潑可愛的甘草人物，消息靈通，但也常迷迷糊糊。兩位都奉倉頡為祖師爺，而倉頡爺爺造出的字如果演化成了「字妖」出事闖禍，苞苞俠包打聽回報，馴字師便出動收妖去。

談到識字學習，因應漢字獨有的特性，在教學上常會運用形音連結、部件辨識、組字規則等學習策略幫助兒童有效識字；而《字的傳奇》系列則賦予漢字活脫脫的生命，仔細咀嚼，還能感受到文字帶來的各種力量——不論是壓力、阻力、魅力、蠻力、破壞力，還是影響力！

事實上，文字是文明的重要表徵，文字的發明，讓人類文明大幅快速進展，在這過程中，文字的意涵越來越豐富，世仁透過馴字師的收妖故事，不但讓讀者認識漢字的部件、結構、一字多義等特色，更提供給讀者被文字束縛綑綁時一種心靈解套的智慧。

例如「呆」是罵人的字眼，躲在樹上的「口」字妖被拐下樹來成了「杏」字，馴字師想的是：「讓人變呆，不如送人芬芳。」

又如只會揮拳揍人的「打」，用此招打電動、打噴嚏、打分數就出現狀況；把手包起來，反而「打神走、抱神來」，化解了打的戾氣。

值得一提的是，每則收字妖的故事中，也大量運用了該字妖的部件，雖然故事中不明指，但也達到「以字帶字」的學習功能。例如「八腳怪」的故事中，「足」的部件是重點，細心的讀者可找到相關字的家族，如「踩」、「跨」、「踮」、「蹈」呢！

此外，還有故事裡「加碼」的歌謠，每一則都充滿律動節奏與趣味，唸一唸、猜一猜，增添讀者更多想像力。例如：

大眼睛，瞪瞪你，東西立刻分東西！

戴帽子的帽子飛，穿大衣的大衣飛，

騎馬的馬兒飛，搭轎子的轎子飛……

這到底是指什麼？馴字師和芭芭俠遇上什麼字妖，竟然如此厲害？繼續看下去就知道啦！

欣賞這部有趣的《字的傳奇》系列，我忍不住要說：「古有倉頡，今有馴字師呀！」倉頡造字，每個字開始有了不同的性情，有些字太執著，忘記自己也可以有萬千風情；只待馴字師出馬，便能讓字字滿意而歸。

字的傳奇 1

馴字師捉妖去

花瓣識字

苞苞俠的「苞」字是由「艸」+「包」組合而成。請看左圖那朵花，花的中心有一個「包」字，第二層花瓣在「包」的旁邊加上其他部件，像是：水、足、草、手。接著第三層花瓣可以造詞，最後還可以完成一個故事唷！

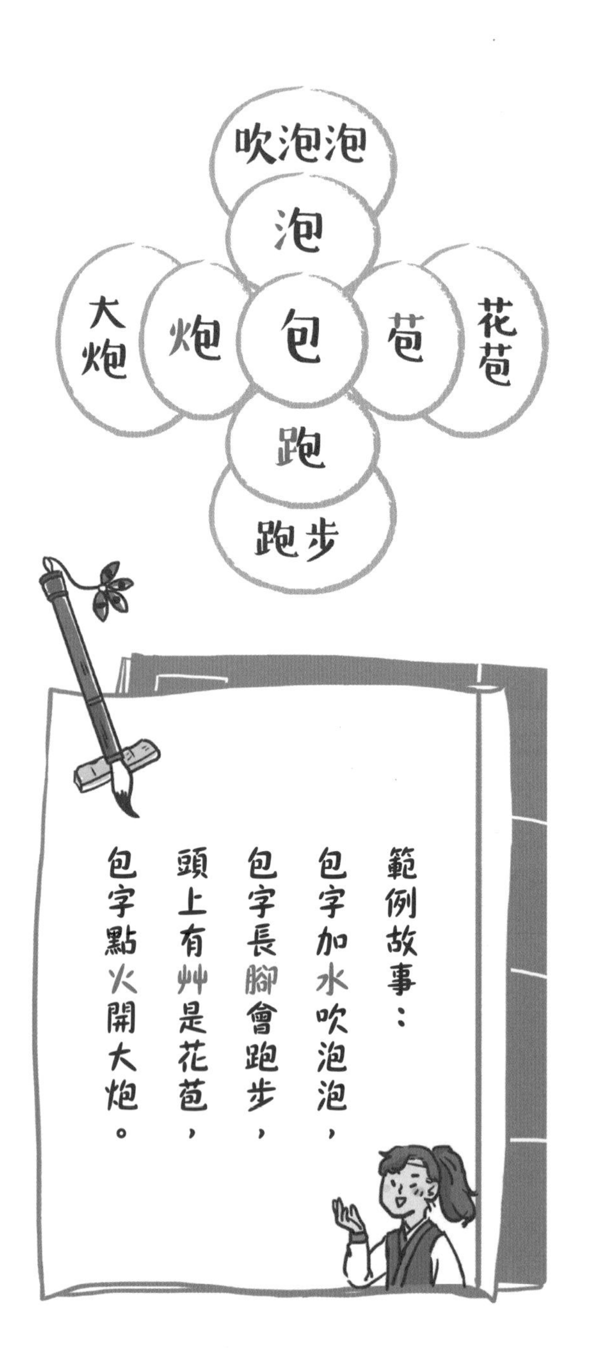

換你試試看，請你在黃色的花朵第二層花瓣寫下其他部件。接著請你在第三層花瓣造詞，最後也寫一個你的小故事。

給大人的小提醒：

延伸活動，也可以帶著孩子利用其他常見的部件來玩玩看，像是中間花心放「夾」字，思考常見的部件，像是山、人、扌等、是不是可以和「夾」一起組成字喔！

字的傳奇2

火神的進擊

一個部首可以搭配不同偏旁形成不同的字，試看看，下面的部首加上不同偏旁組合成的字，你都認識嗎？在藍區選一個部首，在黃區選一個部件，填填看，會產生出左頁紅區的哪個字呢？

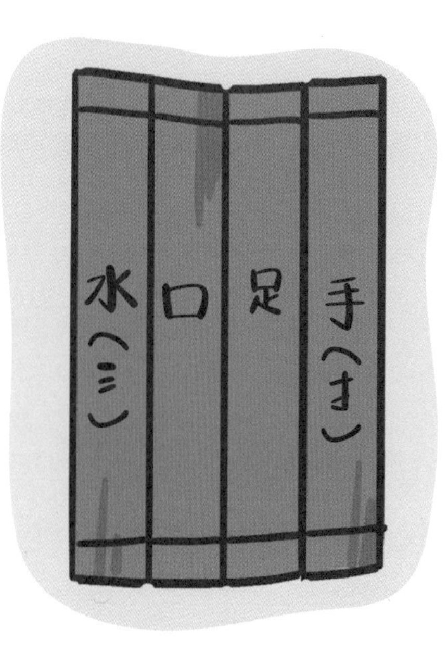

漢字填填看

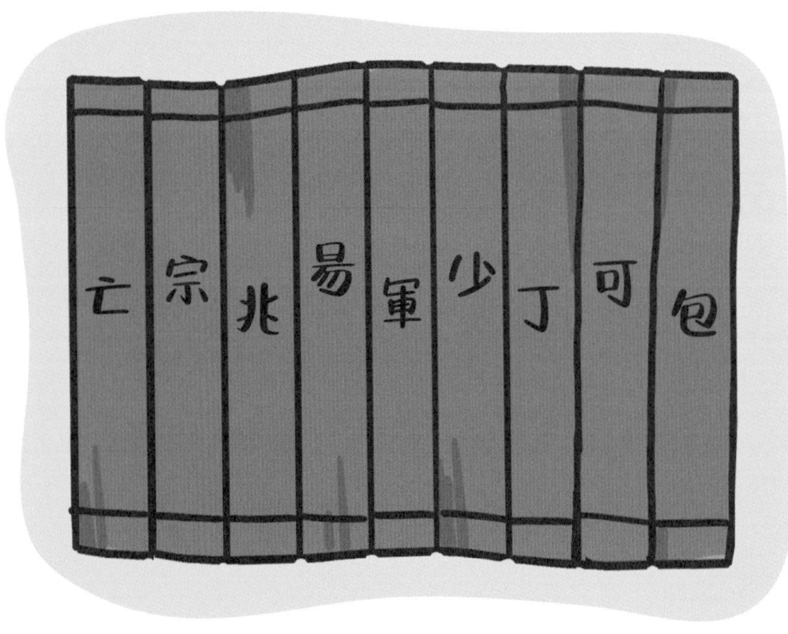

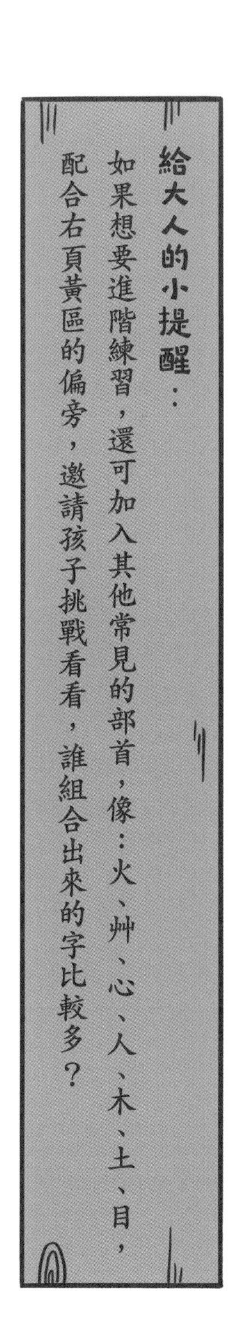
給大人的小提醒：
如果想要進階練習，還可加入其他常見的部首，像：火、艸、心、人、木、土、目，
配合右頁黃區的偏旁，邀請孩子挑戰看看，誰組合出來的字比較多？

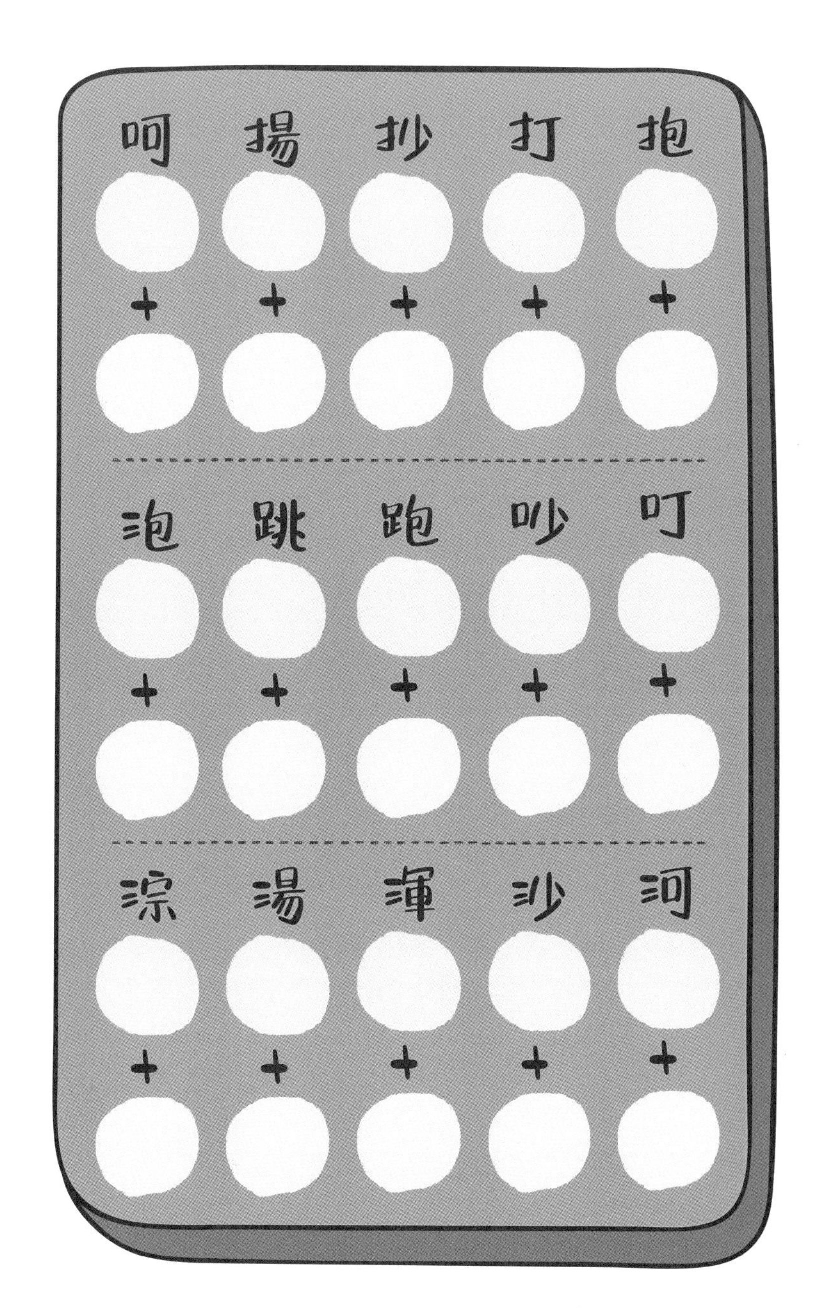
呵 揚 抄 打 抱
+ + + + +
泡 跳 跑 吵 叮
+ + + + +
淙 湯 渾 沙 河
+ + + + +

字的傳奇3

搶救倉頡爺爺

漢字找一找

大自然裡藏有很多漢字，在左圖中找一找，你看得出來哪些是藏在大自然中的漢字嗎？找找看，它們躲在哪裡呢？

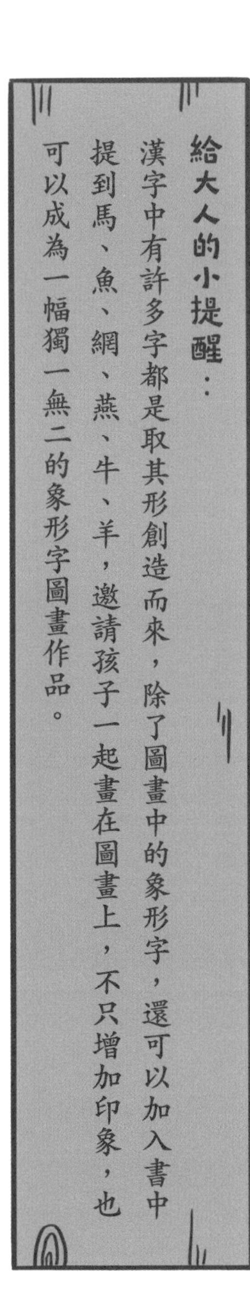

給大人的小提醒：

漢字中有許多字都是取其形創造而來，除了圖畫中的象形字，還可以加入書中提到馬、魚、網、燕、牛、羊，邀請孩子一起畫在圖畫上，不只增加印象，也可以成為一幅獨一無二的象形字圖畫作品。

字的傳奇4
穿越時空追字妖

字謎連連看

有許多字，看字就可以猜出意思，很適合拿來編謎語，像是：人在樹旁休息，人＋木，就是休息的「休」。口＋人，就是困住的「困」。下面有幾個謎題，你可以猜出意思嗎？

山下有塊大石頭・

左邊一棵樹、右邊一棵樹・

太陽月亮一起升起來・

・佳

・抱

・妙

春天裡的兩條蟲。

小姑娘，年紀小。

手裡拿著包包。

兩個土人。

明

岩

林

蠢

給大人的小提醒：

常聽見的字謎「王先生、白小姐，坐在石頭上」就是拆字的字謎。不妨帶著孩子翻翻字典，利用拆字來設計字謎。如果太簡單，也可以提升難度，像是「晶」可以出「三個太陽」，也可以再提升難度：「后羿射下七個太陽」。這些字謎都很適合在車上或是平常聊天動動頭腦。

字的傳奇 5

騎神馬闖天關

猜字遊戲

許多春聯會利用同樣的部件合併，將好幾個字放在一起，創造出一個新字，像下面的這個「招財進寶」，就是將「財」和「寶」兩個都有「貝」的字合併。

這些「字」也是用同樣原理創造出來的，試看看，你可以順利猜出它們各是哪些字嗎？請將猜到的文字寫在左邊的格子中。

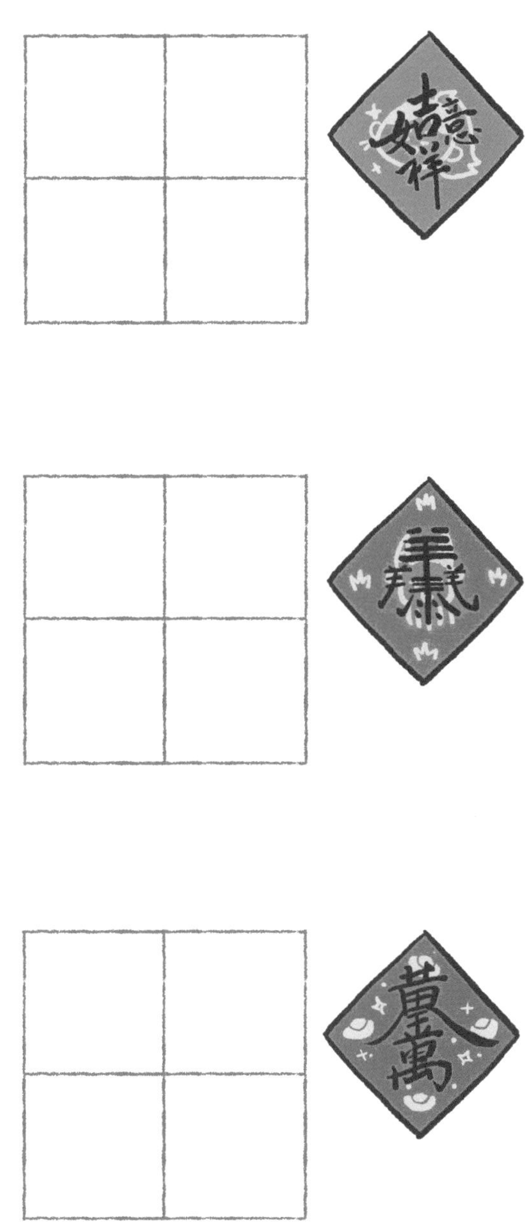

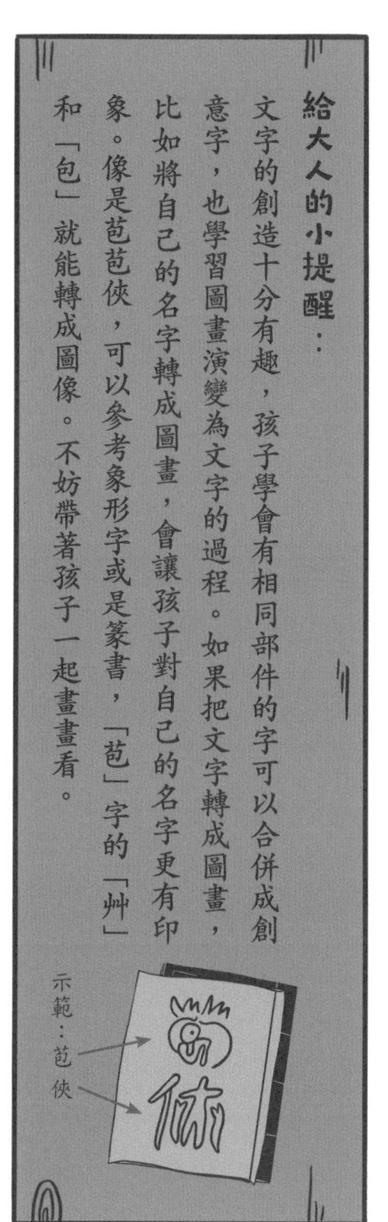

給大人的小提醒：
文字的創造十分有趣，孩子學會有相同部件的字可以合併成創意字，也學習圖畫演變為文字的過程。如果把文字轉成圖畫，比如將自己的名字轉成圖畫，會讓孩子對自己的名字更有印象。像是苞苞俠，可以參考象形字或是篆書，「苞」字的「艸」和「包」就能轉成圖像。不妨帶著孩子一起畫畫看。
示範：苞俠

《字的傳奇》系列作者的話

馴字師來也！

《字的傳奇》系列，是我在二〇〇五年和哲也合寫《字的童話》後，第二次以漢字為對象所創作的故事集。這次探索的對象更聚焦於文字本身，讓「字」化身成角色，直接在故事中現身說法。

系列的主角是「字神探」馴字師和助手芭芭俠，與之相對應的則是字妖。故事便是在馴字師穿梭時空，一路馴服各種字妖的歷險中展開。字妖除了擔綱反派角色，還肩負了展演漢字在結構上的趣味與奇妙變化。為了豐富故事內容，每一冊故事中，我還請出了神話人物或跟文字有關的歷史人物來客串演出。

文字是人類最神奇的創造，也是人類文明的基因庫。古人借助聲音，創造出英文、法文等拼音文字；借助視覺，創造出漢字等形象文字。每一種文字都是一種創意的展現，對比今日世界上的主流文字都是拼音文字，更凸顯出漢字的珍貴。

漢字在創造之初，每個字都像一個藝術品，考驗著造字人的創意。例如，象形字要有「簡筆畫」的功力，會意字要有「看圖說話」的想像力。所有字都要量身訂做，一個一個去「手工打造」。直到形聲字出現，古人才發現「量產」的方法，運用「形旁」加上「聲旁」的造字方程式來大量造字。

因此，系列中的第一、二冊便以形聲字為主，第三冊是象形字，第四冊是會意字，第五冊則把視野拉大，讓小朋友在歷史長河中，看到各種造字的趣味。

用故事來「說文解字」，是我創作這個系列的動力。當然，知識只是潛藏在故事的內裡，好看的故事才是本體——這也是我最著力的地方！當「馴字師」這個角色閃過我的腦海，漢字的一個傳奇世界便在我的眼前展開了！很開心能把它帶到讀者的面前。希望大、小朋友在閱讀中，都能讀得開心！在開心中，感受到漢字的有趣滋味。

這一本〈漢字遊戲本〉，是林怡辰老師特別為小讀者設計的文字遊戲。讀完故事，來玩闖關遊戲，你也可以變成馴字師唷！

林世仁